Este ano eles decidiram cultivar

This year they decided to grow

alfaces,

rabanetes,

cenouras,

tomates,

lettuces,

radishes,

carrots,

tomatoes,

girasoís,

ervilhas

e nabos.

sunflowers,

peas

and turnips.
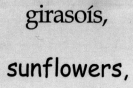

No começo da Primavera, as crianças
prepararam o solo, cavando-o e alizando-o.

In early spring the children prepared the ground by digging and raking the soil.

No final da Primavera, quando já não havia
nenhum perigo de gear, eles plantaram as sementes.

Later in the spring when there was no danger of frost,
they planted the seeds.

No verão as crianças adubaram e regaram
as plantas e tiraram as ervas daninhas.

In the summer the children fed
and watered the plants.
And pulled out all the weeds.

Quando as crianças voltaram há escola depois das suas férias de verão, eles viram que todas as frutas e vegetais tinham crescido.

When the children came back, after their summer holiday, they found that all the fruit and vegetables had grown.

Mas quado eles viram o nabo, eles nem podiam acreditar nos seus olhos! Era mais alto do que uma girafa e mais largo do que um elefante.

But when they saw the turnip, they could hardly believe their eyes! It was taller than a giraffe, and wider than an elephant.

Quando a professora Honeywood se recuperou do choque ela perguntou: "Como é que vamos arrancar o nabo?"

When Miss Honeywood had recovered from the shock, she asked, "How are we going to get the turnip out?"

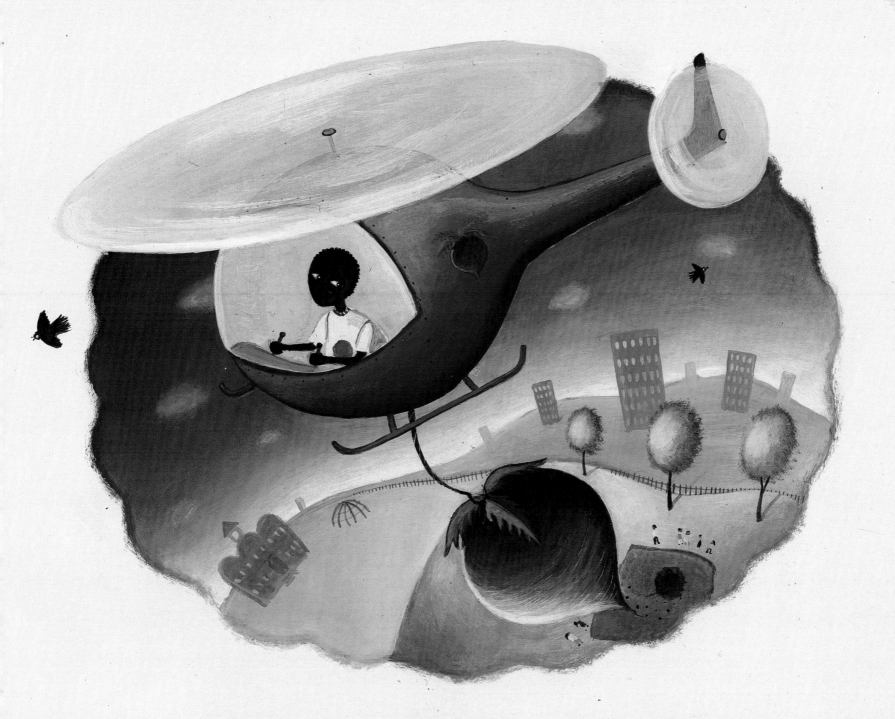

"Eu sie, nós podiamos arranjar um hélicoptero para o arrancar," disse o Kieran.

"I know, we could get a helicopter to pull it out," said Kieran.

"Ou podiamos arranjar uma grua para o levantar," sugeriu o Tariq.

"Or we could get a crane to lift it," suggested Tariq.

"Ou um bulldozer para o arrancar," disse a Kate.

"Or a bulldozer to dig it up," said Kate.

"Podiamos amarrar uma corda á sua volta, e puxávamo-lo,"
sugeriu a Samira.
"Essa é uma boa ideia," disse a professora Honeywood.
"Lee e Michael, vão buscar uma corda comprida."

"We could tie a rope around it and all pull together," suggested Samira.
"That's a good idea," said Miss Honeywood. "Lee and Michael, go and get the
long rope."

As crianças amarraram a corda á volta do
nabo gigante. Os rapazes agarraram primeiro
na corda. Eles puxaram e voltaram a puxar
com toda a força, mas ele nem se mexeu.

The children tied the rope around the enormous
turnip. The boys grabbed the rope first.
They pulled and pulled with all their strength
but nothing happened.

"Nós somos mais fortes do que os rapazes!" gritaram as raparigas, e agarraram a corda. Elas puxuram e voltaram a puxar com toda a força, mas mesmo assim o nabo não se mexeu.

"We're stronger than the boys!" shouted the girls and they grabbed the rope.
They pulled and pulled with all their strength but still the turnip would not move.

"Vamos tentar todos juntos," sugeriu a professora Honeywood. "Vamos contar até três!" "Um, dois, três!" gritaram as crianças e todos puxaram ao mesmo tempo.

"Let's all try together," suggested Miss Honeywood. "On the count of three." "One, two, three!" shouted the children and they all pulled together.

Mas mesmo assim o nabo não se mexeu.

But the turnip still would not move.

Nesse momento chegou o Larry.
"Larry!" gritou o Tariq, "nós precisamos da tua ajuda!"
O Larry correu até ao fim da fila e agarrou na corda.
"Um, dois, três!" gritaram as crianças puxando todos ao mesmo tempo.

Just then Larry arrived.
"Larry!" shouted Tariq. "We need your help!"
Larry ran to the end of the line and grabbed the rope.
"One, two, three!" shouted the children and they all pulled together.

O nabo abanou de um lado para o outro e devagarinho mexeu-se.
Eles puxaram com mais forca, e finalmente o nabo saiu da terra, e rebolou
para a relva. Toda a classe gritou, e dançou á volta com alegria.

The turnip wobbled this way and that, and then it slowly moved. They pulled
even harder and at last the turnip rolled out of its hole and onto the grass.
The class cheered and danced around with joy.

No dia seguinte, para o almoço a classe da professora Honeywood teve um festim de nabo, houve suficiente para a escola toda, e ainda sobrou.

The next day for lunch Miss Honeywood's class had the biggest turnip feast ever and there was enough left over for the whole school.

To Mum, Dad, Maggie & Ben
H.B.

For Sushila
R.J.

First published in 2001 by Mantra Lingua Ltd
Global House, 303 Ballards Lane
London N12 8NP
www.mantralingua.com

Text copyright © 2001 Henriette Barkow
Illustration copyright © 2001 Richard Johnson
Dual language copyright © 2001 Mantra Lingua Ltd
This edition 2013

A CIP record for this book is available from the British Library